U0741940

同时光共鸣

朱桂清◇著

安徽师范大学出版社
ANHUI NORMAL UNIVERSITY PRESS
·芜湖·

图书在版编目(CIP)数据

同时光共鸣 / 朱桂清著. — 芜湖：安徽师范大学出版社，2024.6
ISBN 978-7-5676-6703-7

Ⅰ.①同… Ⅱ.①朱… Ⅲ.①诗集–中国–当代 Ⅳ.①I227

中国国家版本馆CIP数据核字(2024)第085745号

同时光共鸣　　朱桂清◎著

TONG SHIGUANG GONGMING

责任编辑：陈贻云
责任校对：盛　夏
装帧设计：张德宝
责任印制：桑国磊
出版发行：安徽师范大学出版社
芜湖市北京中路2号安徽师范大学赭山校区
网　　址：http://www.ahnupress.com/
发 行 部：0553-3883578　5910327　5910310(传真)
印　　刷：安徽新华印刷股份有限公司
版　　次：2024年6月第1版
印　　次：2024年6月第1次印刷
规　　格：880 mm × 1230 mm　1/32
印　　张：7.125
字　　数：150千字
书　　号：ISBN 978-7-5676-6703-7
定　　价：76.00元

目　录

心灵之音

岁月之痕

水乡之情

气象之域

心灵之音

做好一片叶子

枝条不需要对称
这是由阳光和风雨决定的

有些叶子可能也懂这些
它们谈到了脚印
谈到了一些词的不同点
避免在平地上走出错误

议论之后
一个个声音被托举着
剔除放纵
保留扑掉灰尘的习惯

把感情一次次地别在怀里
在东风西风中
两个巴掌达成了默契
拍出了一片阳光

原载《作家天地》2021年第8期

水乡的母亲

这个傍晚很沉
我再次打开了水乡的门

岸，已经苍老
河边石头上拍打的声音
还在打战
那些低矮的天气中
灶膛无力
让一碗水接受痛苦
炊烟脱轨
找不到明确的方向

岁月，摇摇晃晃
您每天坚持摘取几片阳光
缝补着日子
直到春天圆满为止

原载《扬子晚报》(副刊)2022年7月11日

剃须刀上的温度

一把剃须刀
带着盈盈的海风而来

故乡的水软了
面容里每一次亲切的思考
都很温馨
把腹中的命题剖开
鱼在水中游着
它用脉脉含情的信号写出
婆娑的文字

我的手撑出了一片天
夕阳在休闲
碎片式的爱
如小河在心里来回走动
——芬芳漫溢

原载《金陵晚报》(副刊)2016年11月8日

童 年

童年的屋前屋后
被我们磨成了一层层老茧
暖阳一遍遍地
滋润着我们的心情

初夏的时光热烈
我们在鸟鸣的陪同下
一次次围着风
蹲着　跳着　跑着
赶走了村子的疲倦

玩具简陋
游戏和笑是流畅的
常常与泥土
制造出孩子的模样

当傍晚的炊烟升起来
我会很快地
站到母亲的目光里

原载《劳动时报》(副刊)2022年6月3日

傍晚的天空

我终于学会选择
把目光投向一片静谧的湖

开阔的蓝像一朵花
精神被沐浴
交织的烟火
已经被季节的涟漪疏散

怀抱一种尊敬
想一想那些翅膀的事
打开心胸以后
徜徉或者坐下
眼前都会有新的命题

不是吗？此时
不再回首的云
如同一个充满方向的气球
它的价值
全在于它的轻盈

原载《金陵晚报》(副刊)2021年11月26日

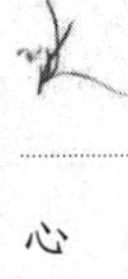

夜里的父亲

昨夜
父亲静坐在老柳树下
带着微笑
品味着那散而不乱的炊烟

我轻轻地进入角色
搜寻着，搜寻着
夜，放慢了脚步
那灯光中的光点
穿透了一张发黄的网

在狭小潮湿的天空里
风，歪歪斜斜的
你用尖锐的脚印
和笔直的眼神
拼成一个明亮的图形

白天终于耀眼
我用心地把温暖捧在手中
却找不到时间

原载《扬子晚报》(副刊)2019年10月28日

出走二十年

出走二十年了
那些教我走路的人不在了
那些低矮的光老了
那个大塘子填平了
那个稻谷场不见了

可那条弯弯的滁河还在
那个渡口的树还在
那条路的形象还在
那些生疼的故事还在
只是它们沉重了
都穿上了情感的衣服

我孤独在一片片沉默中
视线，由近及远
地上的，在争夺繁华
地下的，都自觉地赤裸着身体

原载《金陵晚报》(副刊)2018年12月10日

下午五点半

下午五点半
我莫名地感觉到一阵寒冷
接着我的思想
就跌进了空空梧桐里

抬起头的瞬间
鸟生冷地刻在树上
失去了画意
晚风摇来了弯弯的冷月
纷纷下落的光
把路一寸一寸地剥开

铆在树下的父亲
前俯后仰地咳嗽了一辈子
也没能把梦叫醒

我没有还清岁月的债
就已经老了
老在了一群群落叶中

原载《金陵晚报》(副刊)2018年12月12日

那年下雪

雪不慌不忙地叙述着
爱，在凛冽中扎下了脚印

日子，撒满了北风
传出去的招呼
同静悄悄的雪痕加起来
就是誓言

没有人关心浪漫
更没有用车的情节
可鲜活的雪片
在腊月二十二那天晚上
同呼吸一起燃烧

客人，披雪而来
披雪而坐
我们沉浸在茫茫的想象中
心思比春天年轻

原载《民主协商报》(副刊)2023年11月22日

滁河边的母亲

母亲，这么多年了
我时常看到您孱弱的身躯
停在岸的摇晃里

我喊破了天空
天亮了，才发现是梦
上上下下
随着模糊的静流淌
只有棒槌分明
比我的眼睛要高许多

门里门外
您曾用灶台上的习惯
屋内的条理
和泥土上的影子
过滤着一个又一个夜

昨天，不只是昨天
我来到滁河边
在弯弯曲曲地重复着
您额前的沉默
还有那盏淹没掌纹的灯

原载《金陵晚报》(副刊)2019年5月19日

我陪阳光说话

我非常重视安静
家乡的屋子常为我催眠
它并不多么高大
但很蓝天

平日我总贴在墙上取暖
稍稍闭目
一个冬天就过去了
邻居和邻居以外的人
把我丢在春天里
我只好陪着阳光说话
依墙而卧　依墙而醉
连梦都很干净

失去知觉的诗顺着阳光滑落
凳子也被惊醒
我匆匆地伸出手去
抓住了一大把
充满着温度的语言

原载《金陵晚报》(副刊)2014年3月9日

在北戴河

在北戴河
我第一次和海水接吻
反应有些迟钝

我想，这不是我散养童年中
冲浪的大塘
我的猜想没有错
水，把夏天淹没
风歪向头顶
也没带来秦皇岛外的渔船
弱体不支
我扶着海水望着

那些弄潮的笑划破了天空
留下深度的朦胧
海水，成了我的过客

原载《金陵晚报》(副刊)2016年10月16日

父亲的杯子

父亲常用这杯子
小心翼翼地探测着日子

在大大小小凹凸的区域
这尊毫不退却的瓷
深刻在小巷里
又返回到了田塍上
它清清楚楚地
装满旧南京的吆喝
和滁河岸边的烟火

起风了，它不乱
外壁上显眼的“和平”
历来是平和的
放大了杯子的质量

可就从那天以后
杯子常常悬挂在我的梦中
失温的样子
宛如晚秋的一弯残月

原载《江南时报》(副刊)2023年12月6日

站稳冬天

天一冷
我就不自觉地向窗外哆嗦
看看冬天像不像冬天
阳光
有没有去年的年轻

尽管数年前的冰已成化石
但体内
还是有一阵酸酸的风
那僵硬的符号
需要在余温中酥软
我明白了凛冽
大地需要一次严肃的寒冷

该把冷热都揣在怀里
脚踩坚实的土地
和冬天对话
我可以不需要手足无措

原载《金陵晚报》(副刊)2015年1月6日

思念在端午流淌

端午到了
我的心往前沉默
听凭思念在五月流淌

面对朦胧的岁月
母亲调整着眼神
拉近了粽叶与油灯的距离
只听夜的声音
改变了叶子的形状
小桌上，灶台旁
滚动着我不长的童年
母亲拾起了凌乱
模糊了自己额头的分量

不懂抒情的我
只是
攥紧了母亲留给我的余香
这余香，数年之后
才变成了泪水的模样

原载《金陵晚报》(副刊)2014年6月2日

残　局

把窗前的天打开
完全是为了那枚棋子

夜，继续茫茫
努力虚构着回天之力
疼痛的眉宇
血腥的思维
顺着月牙，一路前行
从日出到日落
每走一步
都留下惊心的轨迹

风，也累了
雨，也倦了
她在河界旁的沙滩上枯立
每年的七月
眼中的残云密布

原载《金陵晚报》(副刊)2018年8月29日

冬天的午后

午后，像那只猫
蜷缩着身子
把自己的心思坐成了一个坑

鸟为何叽叽喳喳地叫着
是叶子的飘零
还是那条路的朦胧
菜畦里的菜
和门前的一株栀子
已经开始侧起了脑袋
在听，风也在听
它们的思想
全放到了万水千山中

我掂一掂墙角边的阳光
它的轻重
与远方的信息有关

原载《金陵晚报》(副刊)2021年12月28日

梦

父亲还是走了
但村里的那堵墙还在
在那棵树下
分布着残酷
没有比睡前的思忖更重要

我的梦很潮湿
在滁河不老的波纹里
一个孩子赤着脚
爬上了墙顶
遥听稻花香里的青蛙
发出枯瘦的声音

故乡静得吃惊
她看着我一不小心老了
和父亲的老一样高

原载《金陵晚报》(副刊)2017年6月16日

独吟小巷

不知什么时候
我进了小巷
捉摸起心中的那朵心思

左邻右舍都赶着休息了
我扶着冷月
踩醒了巷子
叨念着一路的陈砖旧瓦
痕迹冷冷清清

巷子起风了
一只机灵的猫
莫名地放松了我的心情
我遂举头望天
那黄晕的花
正在收听阳光的声音

原载《金陵晚报》(副刊)2014年12月8日

在小河旁伫立

父亲一去二十年
仍在故乡的小河旁
那里林杨　拂冢
那里青草　荡漾
那里黄花　堆积
那里车来　人往

昔年的亲友，会低头一思
熟知的行人，常抬头一望
你把平凡献给了乡亲
默默地站成一尊雕像

无语的苦涩，茫然成清癯
你把人生的符号
都镂刻在孩儿的心上
多少个点点滴滴
把孺子之道敲响
我一生践行你那正确的善良
你一生的忙碌
为让我走出自己的模样

风景已在跋涉中直立
多少回梦中把父爱遥望
每逢清明时，我才来了一趟

活着时我无力尽孝

魂归长堤，寸断肝肠

过去的不一定能过去得了

思念在潺潺地低吟

故乡的小河旁

伫立着我一寸一寸的怀想

原载《劳动时报》(副刊)2022年4月1日

老　屋

屋前的草正在打盹
门的状态麻木
蜘蛛网牵扯着冰冷的光阴
眼巴巴地呼吸着

那棵老柳树又老了许多
它义务地守着
泛了黄的沉默
和堆满灰尘的影子
墙拐角
麻雀不断跳动的声音
戳痛了眼前的静

黄昏下
我的步子一时拔不出来
风，东张西望
把神情都洒在落叶上

写于2020年6月15日

独自而行的星星

抬头望一望变色的天
表情潦倒，之后
他使劲解开绳索
开始向一条路的外围张望

接着用沉默塑造自己
抵御着风的灌入
波浪慢慢停止撞击
爱
似乎成了多余的文字

他开心地抓住了夜晚
同斗室保持关系
当一束光迎面而来
思想全插进故事
梦中的指针播鼓般地跳跃
世界已被抛得很远

写于2023年2月26日

那年的老鼠

那年
我在半夜中被老鼠咬醒
灯下的血痕
成了一场灰暗的痛

我没有感到意外
妻子也没有吃惊
我们都没有时间去责怪老鼠
也没有理由责怪

夜，履行夜的义务
疲惫碰撞着疲惫
老鼠继续着失望的声音

等黎明修复了额角
昨夜的事也在露水中痊愈
跟着而来的是
阵阵嘹亮的脚步声

原载《北京诗刊》2019年第8期

潦倒着的夜

总把梦嚼得汗津津的
抑或一次次地捡拾着月色

一条河就这样横在眼前
石头上的波浪
一次比一次尖锐醒目

看不见枝头的招呼
听不见风雨开花的声音
霓虹灯变得很冷
翻来滚去的时间
又一次掏空了自己
路，留下的窟窿
照旧这样撕扯着日子

何时，你能同太阳一起站立
散发出有条理的光
哪怕微弱一点，也好

写于2023年2月26日

清明移墓

几个移墓者
像一帮无所顾忌的强盗
跳下车
各自挥砍坟上的杂树

树血淋淋地倒下
砸中了悲伤
下面的工程是掀翻黄土
盘根错节里
他们开始点烟
开始喘气
汗水湿透了四月的风

当父亲和母亲相互微笑着
在山的东面落户时
十二点的太阳
正好同我的心垂直

写于2019年3月19日

呼　唤

二十多年都没这样
喊过父亲
昨夜我翻来覆去地呼唤着

梦，一阵阵打着旋涡
近处远处的黑
已吞下了方向
在左拐右转中
我的声音被山山水水
割去了一半
又落在冷冷的空里

我仍拼命地追着你的白发
追着你的眼神
追着你的咳嗽
追着你的背影在喊

原载《扬子晚报》（副刊）2023年12月25日

夜 归

在那个钓虾的夜晚
我从一个叫延塘寺的地方
寻找着归途

黑在一步一步地蔓延
方向全在感觉里
走啊，走
土地突然凸起来
我鬼使神差地围着荒冢转圈

风里
草叶发出刺耳的颤音
我只能咬住牙
给寒冷的思维壮胆
腰间搪瓷缸摇摆久了
夜就慢慢轻松下来

背篓里有另一种节奏
它比秋风更有分量
凭它我看到了远处的灯火

原载《北京诗刊》2019年第8期

影子从窗口滑过

傍晚阴沉沉的
我看见窗口有个影子滑过
微笑很分明
我匆匆走出
外面的世界空空如也

这难道是一种错觉吗
我想不是
不然空气
为什么会如此呆板
窗口
为什么会变得如此肃静

从这以后
我常习惯向窗外望去
看着傍晚
青一块紫一块地沉默

写于2018年1月31日

母亲回来了

母亲生病时说
如果我走了
记住交给蛇虫蚂蚁消化

就在三十年前的一天
我慌乱地痛着
只咽下几口泪
就匆匆按您的意愿办事

阳光绕着弯子
我把思念放到了后山
后山尊重我
那里有善良的天空
因此
我没有被月亮告发

今天，您真的回来了
您和父亲
终于共享这边山坡上的风景
而我多年的心思
终于落在了碑前

写于2020年4月13日

倾　听

住宿区房屋翻新
犹如一场风暴
夹缝中的小草
陪我在瓦砾堆中倾听半月

时间很亮
没工夫打扮皮肤和心情
里里外外
尘来尘去
阳光为夏天写满了颂歌
蚊虫吟唱着疲惫
默默地在夜晚穿行

暴雨
卧室外倾倒着悦耳的声音
从黄昏到黎明

原载《金陵晚报》(副刊)2015年9月20日

第一次坐缆车

缆车向上滑行
崇山峻岭成了恐怖的深渊

车子，突然摆动
她一阵惊叫后
紧紧地抱着我不放
让脑袋躺在我
支起的精神里
我立即感到西下的夕阳
又浪漫了起来

到了一定的高度
崭新的面容出现了
蓝天下
松涛白云把我们的心情
彻底松弛了一遍

写于2021年1月12日

胆小的母亲

风风雨雨缠绕
母亲总把冷冷的屏幕关起来
带着两个孩子
去认识村子的细节
去认识三两个温暖

她也多次地把视线
放到我的路上
她似乎看到了
一阵阵的黑在盘旋
和地域的沦陷
此时，一言不发
只希望远方能网开一面

夜里，梦多次坍塌
她的“救命声”
常把夜翻个底朝天
依我的猜测
她是怕老虎吞掉了黎明

写于2020年1月2日

在春天里

我偎依着春天
习惯把眼前一片片的静
夹在一本书里
从中飞出的蝴蝶
无需提醒
走进了季节的诗意

这应感谢桃红柳绿
和细雨的温柔
感谢鸟鸣的声音
叮咚叮咚地入心
我更有理由
感谢手中杯子的逍遥

在此，同流水对话
同草木对话
适时参加白云的活动
让每一步的笑
都含有阳光的味道

原载《扬子晚报》(副刊)2021年3月8日

在园子里画圆

乡村的孩子认识我时
也认识了一个秋天
如今，他们和着六月去了
让夏日的思念变长

那个曾蓬头垢面的孩子
那个曾耳珥下垂的孩子
那个曾扮演鬼脸的孩子
那个曾以书拂面的孩子
都一一地飞走了

留下一段揪心的记忆
留下一段懵懂的插曲
留下一屋子的哄堂大笑
留下一道道苦涩的试题
留下一池未脱的稚气

我怔怔地在园子里画圆
把那些发烧的痕迹
完整地揣到了怀里
在暑往秋至的日子里
凝眸，已成为习惯
白云和清风
不断地填满我的思绪

原载《金陵晚报》（副刊）2019年9月28日

那些影子

那些影子
如一根根秒针在反复地跳跃

夜，是最真实的
黑，恰如其分
深处出现系列小插曲
内容良莠不齐

它们一个个都鲜明
有收藏月光的
有捧着残局的
有把我的心搅乱的
有欺压岁月的

布满困惑的岔路口
必须刻骨的
是那一个给轮子镶嵌标签
且不断充气的人

写于2020年9月6日

岁月之痕

洁白的网兜

一个苦心经营的网兜
丝丝相扣
我把它珍藏在江南的底部
避免着风雨
和红尘里的惊扰
这似乎成为一种可能

时光一寸寸地浸泡在
泛着波光的河里
这两种光常交头接耳
推着一叶小舟
载着厚厚的影子
和纯粹得来不及发酵的季节
从原始的方向驶来

那一串串洁白的独白
总能够网住我的双眼

原载《作家天地》2021年第8期

草根诗友

这些被组织起来的笑
解放了年龄
入座的姿势有些随意

关起门的后来
大家的话开始走出了杯子
白发贴紧了诗
朦胧与白开水
在冷与热中碰撞

一阵越搓越紧的神情
虎头蛇尾以后
接着他们开始歌颂
顺口溜

我坐在角落里
压住习惯性的咳嗽
然后，静听
他们在泥土上行走的声音

原载《江南时报》(副刊)2019年10月21日

春天的承诺

春天已经看到了
她说，我要把温暖送进冬天

是的
寂寞，一个人的村庄
装不下漫天的白
接受不了叶子的凋零
和那个路口的木讷

有一些事，依然怕北风
更怕雪的牵牵连连

当春天住下来以后
她看到了星星、月亮的光里
有了新的世界
记忆
从海边的一页新绿开始

原载《作家天地》2022年第6期

村里的桃树

多少年不见了
你如刀的脸形仍没有改变

童年很快被切开
沾满滁河边泥土的味道
一遍遍地近了
在那棵盛开着的树下
时间很干净
阳光月光　鸟与虫鸣
画着汗淋淋的影子

当水藻成熟时
那个浪花四溅的大塘子
笑，追逐着风
风，牵引着笑
它们常把我送进梦里

今天，你站在我的面前
紧盯着是一定的
在一串问号背面
我似乎看到了一种生根的情
不断拔节的声音

原载《金陵晚报》（副刊）2021年8月30日

端午诗会

一行一行诗句
闪烁着一道道凝重的光
银色融入其中
有血　有肉　有火

长卷一一舒展
拉开了端午立着的灵魂
一位祥和的老者
长须引领　满脸澎湃
手掌和眼神并行
同汨罗江水对话
放大了路漫漫的背影

感情穿透了时空
载着缕缕楚音的江风
一阵阵地刮来
吹得五月哗哗作响

原载《劳动时报》(副刊)2022年6月3日

六月的故事

你，拉着我的手
唤醒了我的疲倦
眼神穿透了火热
拴住的是白云、蓝天

六月，这根线
我从傍晚牵到了黎明
淋淋漓漓的
温度
在空中
冷却
惊醒了整个夏天

回眸的一瞬
风，已在模糊中搁浅
那片蝶形的梦
驮起了六月的故事

原载《金陵晚报》(副刊)2012年6月18日

让心站立

今夜，月朗气清
你的心仍然缺少夜的宁静

夜的歇息不需要理由
你的天空哪里去了
黎明
不是谁都能找到的
阳光没有太多的条件
你还是错过了
一个年轻的早晨
思想幽怨
那就真的听不到路的声音

向日葵见过吗
让心站立
你就会摸着阳光前行

原载《金陵晚报》(副刊)2019年7月28日

回家的路上

一只鸟系着一片阳光
在枝头上鸣叫
这声音停在了
一会儿白　一会儿黑里

各种姓氏参差抬头
风中的路口
有一条庞大的静
招呼早早地送出去
碰撞着灯火
点燃了久违的符号

一个新的意义笑了
多彩的方向里
目光　正在酝酿一次
旅途上的比喻

原载《民主协商报》(副刊)2021年1月20日

夕阳下的爱

在浦园路上
我遇到了我们久违的知音
他戴着帽子
从此
那幢老楼也就戴上了帽子

我们用很久以前的样子
围成了
一个汉字的故事
汉字，不仅有门牌
还有干净的房间
他把热情放进了每一个杯子
让平仄在杯中起伏
他说，我们还要带着杯子
去舀海水的颜色

白发，很在乎夕阳
他给我们留下了简单的生活
我决心删掉臃肿
只说挨着的心语

原载《金陵晚报》(副刊)2016年2月26日

秋　雨

雨带着暮色表达着
小径上的痛
想象，时密时疏

一首宋词把一个季节拉长
点点滴滴
渗进黄昏的眉头
骨质蠕动时
那片天婉约了几下

想到向日葵
一抬头就一脸的简约
找一个词转折
请感谢泥土
收留了梦中的残叶

解开绳索上的斑点
把角落移开
每日只想饮一些阳光

原载《海口日报》(副刊)2022年10月20日

风雨二十年

他就是我的同学
我摸透了他身上残存的风雨
从步行到公交车
生命弯曲了二十多年

两个蛇皮袋有无数个出口
绿色一直都很坚挺
他用鸡零狗碎的头发
覆盖了半个天空
覆盖了不冷不热的人群

不断颠簸的天空
装满了一颗日渐平稳的心
身子已经古板
我挖不出他活泼的语言
昔日的文字
都丢在了大街小巷中

这里没有生活的法则
有路无路
一双解放鞋慷慨地穿着
他用脚下的年龄
踏破了城市的喧嚣

原载《金陵晚报》（副刊）2016年7月12日

四月的记忆

我在四月里走着
大堤漫长
眼前大大小小凸起来的绿
刻满了风霜

今天的沉默不算安静
每走一步
都能听到善良的声音
影子打着补丁
跟我的记忆对白
纯净的笑容
眼睁睁地抚摸着我的脸
抚摸我的乳名
阳光再现了昨天的背景

他们在白杨树下晃动
在泥土中奔跑
我又一次回到故乡的梦中
脚印都是咸的

原载《金陵晚报》(副刊)2016年4月11日

门里门外

我们曾经同乡
甚至进出过同样的门槛
自行车歪曲地摇曳
有传奇的疲倦

每一个滴着汗水的早晨
脚印常被夕阳烘干
那风中的声音
比鸟的翅膀还要坚硬
一条河和一座山的距离
应该就是成本
夹杂在书本里的背影
我每年都要去细读几遍

偶能听到一把风声
我无力标榜
你也被烤得血肉淋漓
符号也能变轻
这并不奇怪，因为
我们走出了各自的门槛

原载《金陵晚报》(副刊)2015年5月25日

扛爱的老人

看到他们
我自然地想到了很多修辞
一个不老的喻体
感动着大街小巷

窗口的顶层设计出来
面对潮声
他们紧围着一方灯火
脚下明暗可见
深入泥土的光
被切割了
只留些许安放在角落
其余的放进花朵

他们把烤红薯的三轮
和眼中的温度
对准了花园
专等孩子来捡自己的白发

原载《金陵晚报》(副刊)2017年8月1日

回乡途中

时间，再次牵动着表情
交织的眼神
正沿着呼啸的北风向前深入

他们已经顾不上天气
在茫茫的人海中
带着复杂表情的车子
贴上标签以后
心思，一个劲地升温

想象迅速飞到屋内外
灯笼和春联
酒杯与笑语
给目光带来一定的热度

熟悉的画面一页一页地展开
他们抱紧了沉默
独自承受呼吸的分量

原载《劳动时报》(副刊)2022年1月21日

花的思想

刚刚醒来就感觉到累了
她整理几遍心情
及时交出了轮廓
这可忙坏了南来北往的云

她擦去眼前起哄的日程
利用黎明前的理由
穿过一条抛物线
俯下身去看水中的伙伴

风，得了偏头痛
一次次注视她的姿态
忘记另一条路在喘息
她没有搭理
继续一步步蹒蹒而行

她说，我是开给黑夜看的
只有星星知道
阳光搜遍了她的全身
也没有找到什么答案

写于2023年4月17日

滚铁环的老人

就在傍晚的时候
门前门后的风开始转了
铁环里面的文字
好像又闪耀着金色

那个入局的老人
管不住白发
把几十年前的故乡搬了回来
一抹夕阳在纷飞
一道弧形的声音
变成了风中的火花

主人沿着自己的笑
沿着头顶的云循环
在热点处
岁月翻了一下身子
所有的故事都醒了过来

原载《金陵晚报》(副刊)2019年1月15日

赶　春

前面有路，拐了个弯
就不见了
狠狠地把我抛在了后面

风，依旧向前走着
落荒而逃的只是我的眼睛
春雨失望之后
只好躲在嫩芽里哭泣

阳光是听不到婉约的
去年的柳条
还深埋在雪地里
那条曾经多情的小路
沿着落叶的方向
苦苦搜寻被深冻过的阳光

那些忙着赶路的人
追上了春天
收获了一个开花的时节

原载《金陵晚报》(副刊)2015年4月16日

傍晚奔跑的人

他穿过了人群
穿过夏风
把炽热的胸膛献给了傍晚

月光从春天里赶来
盛开的肌肉
取代了花朵
他把路设为静音
汗水裹着眼神
街道 舞蹈 手机 钱包
四大皆空

一切都变成了呼吸的材料
生命反省后
影子暖暖地跃起
比火焰还高

原载《金陵晚报》(副刊)2016年9月27日

回家过年

雪，不停地翻飞
阅览着一年来辛苦的背景
深嵌其中的脚
在一条路上跋涉

四面八方的神情被挤压着
乡愁是复杂的
天气是单调的
他们把热烈的呼吸
装进了轮子
碾碎了沉默中的寒冷

金牛
在一阵阵欢乐的气氛中
摇着，摇着
轰隆隆的白渐趋平静

原载《江南时报》（副刊）2021年2月1日

呵　护

给星星一点睡意吧
为的是
能留住那些美妙的传说

思维进入无人区
就犹如一匹脱缰的野马
令夜空震荡
用有意义无意义的
来填充应该的黑
这是似是而非的事

生命并不是空穴来风
遗传为另一回事
梦是需要呵护的
这样也好给明天
一个充满理性的交代

否则
夜就会变成一个铁榔头
把一根钉子砸弯

原载《中国诗人》(微刊)2021年1月22日

让　座

一位老人攀上了车
沉稳前行
满头十足的明明白白

忽听一声亲切的召唤
他面对着温馨
一声谢谢
一声拒绝
眼神蜿蜒之后
一颗古老的心
贴在窗口找到了平静
任风景飞逝

小伙子没有回坐
座位冷却
在众人不安的目光中

原载《金陵晚报》(副刊)2014年9月16日

春天的棋语

门前的树又抽芽了
我同叶子下棋
我时常把棋子举得很高
就是看不见
棋子落下来的痕迹

她说，春天很短
你要走好这桃红柳绿
我这个并不高的“高道”
总习惯躲在角落里
静听风雨

快敲响棋子吧
棋枰上到处是春的气息
于是，我让思想抬头
不知不觉中
撷取了一片深情的绿意

原载《民主协商报》(副刊)2023年3月15日

醒着的红豆

红豆醒着
阳光渗透了一方土地
叶子顾盼
南国的天空飘零着粉红
雨点从温柔起步
一瓣一瓣
收拢，驻扎在心里

感情是上等的事
月光下
谁默默向春天靠近
思念的小花
像是一颗颗串起来的星星
点亮在深夜
南国，相思的黎明

原载《作家天地》2022年第6期

再听你的歌

昨夜，又遇到了你
在月光中亮着
不胖不瘦的笑容仍然干净

向季节深处望去
远方，很快停了下来
枫叶被点燃
年轻的园子里
旋转着八十年代的风

生活靠近七色
阳光仍在电子琴上跳跃
如泉水叮咚
声音分明红了许久
谈不上潇洒
可那些日子依旧漂亮

一台便携式的录音机
种下《南泥湾》
那岁月的清唱
再现了一段明朗的天

原载《金陵晚报》(副刊)2019年2月18日

拄拐杖的老人

在村口的道路旁
一位常被人们忽略的老人
慢慢采撷着晚风
从僵硬的眼神看
沉默好像有一定的分量

没过多长时间
不远处的小广场上
响起了喇叭滚动的声音
它们推开了暮色
推开他的心思
给一棵棵行道树
注入了许多甜言蜜语

他仍无动于衷
照旧用沾满月光的拐杖
来回地敲打着
那条路上的阴晴圆缺

原载《金陵晚报》(副刊)2022年5月11日

捉泥鳅

上公交车，蹒跚
一失手，泥鳅在车内狂奔

一阵惊呼声过后
风很快停住
车子旁都是铃声
几双手横七竖八
围捕着圆润
如同捕捉那些狡猾的花朵

阳光挑逗着时间
各种提示
各种眼神
各种激动，汇成了一张网

把喘息收拢以后
车子进入了风景
老人的眼中霎时出现了
六百零二个亮点

原载《金陵晚报》(副刊)2018年7月31日

醉人的月夜

他们，背井离乡
鼾声点亮了大街小巷

夜，静得只剩下月亮
几条湿漉漉的影子
照例纳凉到了檐上
一堆堆啤酒瓶
憨憨地摇晃
萤火虫，悄然而去
霓虹灯
没有了昔日的分量
如水的月色
伴着酡红升温
呓语，正在朦胧中徜徉

忽然来了一个电话
给梦添上了翅膀
月夜，醉成果实
金风玉露在天河遥望

原载《金陵晚报》(副刊)2012年9月30日

我立在春风里

今天真的不知为什么
我久久地立着
凝视着春风的走向

曾经很熟悉的一条乡路
在水乡的深处
至今还没有醒来
曾经的蝴蝶
好像在梦中穿越了百年

北城祠堂旁的铃声
渐渐地在眼前嘹亮
童年的“桃柱子”
影子在泥土上奔跑
他好像和我一起背着书包
收集童年的笑
共同唱着弯弯的歌

原载《金陵晚报》(副刊)2021年4月9日

婺源漂流

一个皮筏两把小桨
在水中起伏
我和老周成了流动的艺术

我们一下子找到了
丢失的年龄
心情顺着峡谷摇曳
激流丛中
山水的速度是一致的

那些石头上的花朵
极富热情
用力亲吻着飞起来的笑
片片惊险的欢呼
震落了山野的风
六月，闪耀着金色

原载《劳动时报》(副刊)2022年6月3日

雪中的沉默

风，用力地推着风
翻飞的雪花中
赶路的人瞄准了自己的方向

雪，每增加一层
心情也就多了一份急迫
他们穿过山水
似乎嗅到了喜庆的味道

一个个灯火在招手
一张张笑脸在靠近
一阵阵暖流融化了寒冷
他们的思想
不知不觉地热烈起来

把一年来的疲惫
无声地放进白色的世界里
这个时候
任何话语都是多余的

原载《劳动时报》（副刊）2022年1月21日

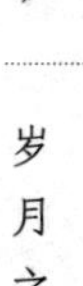

打太极的老人

老人恋上了太极
六点半的时间吸收着营养

公园游动了起来
绿色托起了白鹤的翅膀
看，怀中的琵琶
简化着思维
一面面旗帜在流动
口令，串串轻盈
犹如袅袅的梵音
沐浴着弧形的思想

把春天悄悄地放进心中
看浪花一族
他们正用二十四个意象
丰富着夕阳

写于2019年12月23日

晚风中的心思

晚风又漫了过来
路上有一个单调的步子
在蹒跚地画圆

路猜不透你的心思
夕阳西下时
你数着风，数着雨
数着落叶
数着一片片模糊的影子

抬头是多么不易
那应该是你遇到了
走失的炊烟
和吹鼓手鼓吹的声音

怎样才能让你的黄昏明亮
想了一下，我决定
把故乡的味道还给你

写于2020年2月10日

月光擦亮了五月

夕阳一路忘情
挂起的仍是自己的梦

梦的地方没有多大
只是和明月对视了很久
影影绰绰中
五月变得很婆娑
悸动一池的清静
梧桐站在节奏边
一个劲地拍打着小喇叭
旁观者聆听心声
忙乱了眼神和姿势
月光静静地收容着
那似懂非懂的心情

这里流动着不老的声音
明月携起了背影
再次擦亮了五月

原载《金陵晚报》(副刊)2014年5月6日

在夕阳中陶醉

风景怎么模糊了
但你不这么认为
最多是一次夕阳的误会

日子熏红了傍晚
你依旧凭栏
看看远处有几许明净
山　依然是山
水　潺潺而流
你摸醒了一地的阳光
轮回给自己

从床前到窗前
从近似匍匐到直立行走
每一次腾空
都在夕阳中陶醉

原载《金陵晚报》(副刊)2015年1月2日

蚂　蚁

总是忘记自己的渺小
无数只蚂蚁
组成了一个自己的王国

它们，向山而行
不在乎坡道有没有扶手
无数次地搬运
风云全记在日记里

谁又会在意那些天气
只有道路知道
沉默都是它们给的
在弯曲的时间里
它们常驮着一面筛子

夜，有另一片天地
它们按照惯例
又开始打捞那个月亮
和那条小路上慢悠悠的风

写于2019年8月8日

流动的操场

操场流动起来了
燕子的呢喃
和这里的孩子一样天真

该来的都来了
记住用汗水裹住容颜
风静静地行走
画出了一道感动的弧线
月在偷偷地喘息
时隐时现的光
熟识着流动的黄昏

是它们把生命的声音
弹得很响

原载《金陵晚报》(副刊)2014年9月3日

在时间的旁边

在一定的时间里
我遇到了诗
遇到了一个走健康路的人

他的诗从侧面提醒
让我忘记一种风
然后把我的眼睛向下压
同根部连接
找出自然中
那些还在沉睡的词

我站在时间的旁边
一路看天，看地
触摸着内核里的景致
和不说话的焊点
思维不自觉地
打了几个红色的寒噤

写于2020年5月29日

在雪中赶路

雪花是有灵性的
它们知道眼前的迫不及待

赶路的攥紧了方向
不断加温的注意力
像无数根鞭子
抽在山山水水的脊背上
一层一层的盐霜
已被漫天的白消化
沉默，纷纷扬扬
落进了记忆的笑容里

雪，无法阻挡
远方传来的一阵阵热流
村口的大树上
有几只鸟在捕风捉影

写于2019年11月13日

下沉的影子

那个老人不在了
他到一个新的地方避暑去了
那个环境
适合他随意地抬起头

这接二连三的四十度
已没有任何意义
被煮熟的鸽子笼
只留下空荡荡的阴森
当风醒来时
门前的几只小鸟
站在枝头，东张西望

那个留在角落的影子
偶尔，跳动一下
很快在人们的脑海里下沉

写于2022年9月17日

油菜花中的太极

太极接受了邀请
来到万亩油菜花中间

天地一下子放开
红布大舞台的老年体育节
呼应着早起的太阳
四面八方的人群
穿插在花的海洋中

一群洁白独自明白
同上午的游云合唱
错落有致的音乐
和充实的暖意
拍打着波浪起伏的田野

教练以水乡的姿势
跃上了画面
我们都进入肢体的思维
一个个满面春风
像蓬勃的朝霞
又像抽丝腾云的天使

在掌声的欢鸣中
永宁成了一张金色的名片

原载《扬子晚报》(副刊)2019年7月14日

收录于李朝润、王文坚主编:《祖国,我亲爱的祖国——庆祝中华人民共和国成立70周年诗歌大赛作品精选》,江苏凤凰文艺出版社,2020年版。

推开门看天

波澜一次一次冲击岸
掩门昏睡
抑或一节节地查看着季节

满屋子的寒冷
满屋子的云来云去
满屋子的似是而非
像一根根针
扎得时间喘不过气来

梦一遍遍呼喊
那个春天怎么也听不见
只见夜很沉重
把梦一个个压碎

在眼泪瘦了一大半的时候
门，终于被推开
这砸低门槛的一脚
把黎明震成了花朵

写于2021年2月2日

女人与喜鹊

小喜鹊出于好奇
懵懵懂懂地进入了社会
呈扇形跳跃

走在风旁的几个女人
把手张开
马步围拢
想送回这可爱的黑点

老喜鹊，怒目圆睁
它节节前进
暴雨般的声音
足够摧毁一座城堡

女人悄悄退了回来
依依回首中
把一道考题放进了暮色

写于2017年5月11日

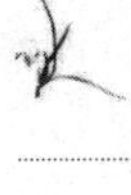

静默的石头

角落里的一块石头
长满了苔痕
它已不想找自己喘息的影子

阳光月光是有动机的
它无动于衷
它的天空也许睡去了
飞鸟只能在边缘走动

关于一盏灯的推陈出新
关于河流的轰鸣
关于火热的风里
还有没有一些站稳的事物
已经不关它的事

曾经的沸点已过
它好像找不到心跳的理由
无论是梦中流血
还是看到了桃花源

写于2022年2月12日

瓦　罐

又一个进入角色的瓦罐
还要盘踞到哪一天
你不必想那么多
请注意把心打开
找回锅碗盆瓢的欢乐

别总是拄着一根拐杖
自然是有筋骨的
扶着它
一步步与阳光对白
那小河里的清澈
晚风中的静和天空的高远

每日，按时取一部分
同药罐一起沸腾
应该能够唤醒细胞
找回眸子里的亮点

写于2019年12月17日

越过斑马线

走吧，越过斑马线
问号早已过期
季节也没有留下什么回音

把痕迹留下来
这更有利于脱胎换骨

路，仅是一个备忘录
敏感的季节里
夜，变得虎头蛇尾
一斗斗星星
数着数着就看不见了

回过头来
那条小径上醒过来的叶子
慢慢地变成了方向

写于2020年10月17日

那个女人

她的脚上长出一点黑
黑就黑吧
她不想在她的年龄上留下
刀光剑影

很快
时间已经不自然了
夜，说着胡话
梦在不断变形
她决定走进医院
大夫是人道的
手术，刀里有笑

等阳光割去七上八下的影子
蓝天，白云
又回到了她的心中

写于2017年4月8日

诗意黄昏

一颗颗星星从这里升起
高了，实在是高
那些光芒迅速地转来转去

抬望眼
黄昏显得更加明亮
白云站上一方舞台
把天空打扮成
一朵永不衰老的鲜花
笑在身边
伸手能摸到风的火热

鸟儿流连于伊甸园中
看到了年轻的模样
他们一时忘记了傍晚入林
面对一轮明月
被点亮了的思想
随着一声声平仄飞舞

原载《南京诗词》2023年第6期

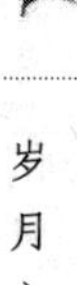

舞剑的老人

清晨，一把长剑
趁着春天的蓬勃
游龙一样地翻转回旋起来

一颗装满了光芒的心
轻松在竹林边
节奏声，慢条斯理
时间递进着
她把温暖举过了头顶
像架起了一道虹
反身回劈中
那些沉重的风和云
纷纷退去
白发被镀上一层金
此刻，我的眼神绕了一圈
好久才回到
流淌着绿色的背景上

写于2020年10月16日

今生相遇

终于，我说出了半句
带感情的话，省略的宾语
是一种名义
像蝴蝶、蜜蜂和那遥远的星星

这声音哪怕被风听到
变成更多的风或者童话

也好，行走于河流之上
捡拾着过往
再现浪花微笑的样子
默默舞动的季节
珍藏一枚红叶，足矣
它让一本书得到不少鼓励

在茫茫人海中相遇
似梦，非梦
一片阳光正向这边靠近

写于2024年2月21日

水乡之情

砍柴的老人

在季节的整修中
他按时猫着腰
进入了横七竖八的方阵

硬柴集体顽固
像粗糙的岁月
他把斧子的前沿磨得铮亮
横砍　竖劈
在毛巾茶杯的点缀下
那模糊的形状
一分为二　为三　等等

把片片感情摞起来
他点上一支烟
那一条龙的沉默
轻轻地挂在白云的身上

远方仍是一片静
老人低下头来
继续擦拭自己的天空
夕阳下
灶膛噼噼啪啪的节奏声
补充着他的思想

原载《金陵晚报》(副刊)2021年11月9日

不老村所见

三五成群的客人
感受着欢迎的风
他们的眼神排不成队伍

心沿着古风漫行
展开一片片静
山野的味道参差起来
小屋　亭台
摆放着含蓄的乐
把山门打开
白云成了自由主义者
任意进出桃花源

情景之中
听不到一个老气横秋的声音
因为村子有些腼腆

原载《安徽科技报》(副刊)2021年12月8日

芦　苇

芦苇在河畔读着经书
它用无声的白
省略了一条路上的一知半解

小河是它的知音
相互淡泊着
它们的时光是干净的
这样的礼物
容易被忽视
如果有一双眼在注意
那应该是
双脚找到了下落

远处的还是让它远一点好
看着串串芦花
所散发出的光
生命才找到了道理

原载《扬子晚报》(副刊)2021年9月20日

散　步

没有月光
我乘着灯光去寻找什么

此时，沉默的田野
比傍晚庄重
覆盖了一阵阵波浪似的笑
指手画脚中
表情离根越来越远
我急忙用一张老脸
扒开汗水
然后交给那些奔跑的人

脚印践踏着脚印
震碎了灯下的静
我几乎是空着思想回来的
捡到的只是
路旁的风险

原载《江南时报》(副刊)2020年8月3日

春到水墨大埝

玲珑的风走出了摇篮
消遣着成片的海棠与松林
她们再次把神情
抖落到老山的平平仄仄里

一扇门就这样打开了
其间放置不少暗语
烟雨，姗姗而入
用半遮的容颜轻轻吻着
充满芳香的伙伴
而后许下了一个心愿

同行者的脚步一次次改编
颠三倒四中
粉红色的词跟着转圈
持续构成一首诗的味道

沿着小路上的梦追寻
被揭开盖头的大埝
正在默诵一段难舍的姻缘

原载《青春》2023年第6期

担水的老人

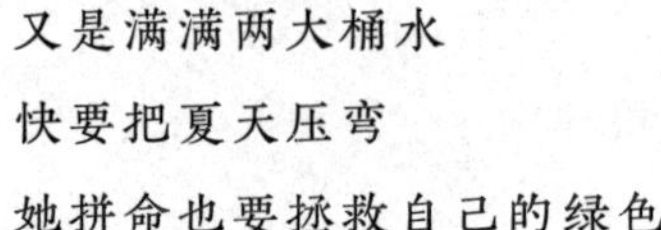

又是满满两大桶水
快要把夏天压弯
她拼命也要拯救自己的绿色

梧桐树边明晃晃的
顶着知了的嘶鸣
这堆积多年风霜的身影
来来回回地移动
一双脚踩得小路冒烟

风，在一旁沉默
她把挣扎着的力
印在了湿淋淋的脊背上
汗水常被爱牵挂着

我的眼神
同样处于紧张状态
时间和白发
都深陷在夕阳的余晖中
看起来，不愿自拔

原载《湖南工人报》(副刊)2022年8月12日

乡间的路灯

村子衬托着无边的静
路灯 突然明白
它默默守候的含义

秋天照例带来了一本书
田野与灯光对视
成了感情的模样
脚印　根深蒂固
在小河的东北角复活
虫鸣　依旧单纯
留下来的韵味
溶解了一代人的皱纹

灯下，越是淡泊
明月的眼里越有质量
撇开一阵阵风
影子渐次拉长
按时躺在乡间的梦中

原载《江南时报》(副刊)2019年10月21日

向日葵

一个小太阳
活在昨天今天乃至明天
贫困时没有打盹
也不在乎黄昏的昏

这与它的血型有关
更重要的是
它含有重量级的因子
这不关乎鸟
不在意风云的规矩
它心中的星星
只在乎必要的注意力

它不愿和一棵树比
而歌颂树的人
扼杀了紫外线的本质

原载《作家天地》2020年第11期

雨　中

雨一场接着一场
砸醒了视觉
眼睛开始接受湿漉漉的光

道路
被慢慢剥去了脂肪
一些受伤的事物
正忙着补充一些钙质
可雨水搬不走
树与树之间的叹息

我的心在滁河岸边徘徊
那些稻草人呢
那些大脚印呢
天色渐渐迟钝
苍白的晚风阵阵吹来

原载《扬子晚报》(副刊)2021年9月20日

浦口市民广场

一大堆人
重复地活在风景线上
凭腔调　凭脸色
他们就是这里的江湖

《红灯记》上来了
看着手指在感情中流动
铁梅和李奶奶
同记忆中的红色共鸣

《浦口新风》中
城南河如不老的玉带
旖旎着迷人的夜
把老顶山的水墨
放进硕大的相框
流淌着幽深的静
西埂荷花和高新区亮了
如升华的星子
珍珠泉，珍珠一片

等表情落到了山水里
两把二胡的余音
外加一叠叠掌声
应和着夕阳下的笑

唯棋枰的天空风起云涌

天昏地暗时

他们忘记了晚风扑面

原载《金陵晚报》(副刊)2019年11月7日

滁河岸边的春天

风的结构开始松软
它给小草、树木、石头松绑
河水静坐
同蓝天、白云讨论着

故土的容颜一寸寸地亲切
岸边的芦苇　欲动
人们的脚步似浪花
把美丽的事情串起来
生活坦然向前
一些长长短短的句子清醒
不会产生歧义

沿着闸口的光望去
垂钓者的眼神走进了状态
他们带着分分秒秒
去钓醉人的柳色和桃花
深藏不露地钓着
稻花香里的蛙鸣与虫鸣

傍晚，路灯和舞蹈的线条
勾画出温暖的气息
水乡的明月比想象的要端正

原载《青春》2023年第6期

春天又长高了

阳光，兴高采烈
花草树木拉长了思维
泥土松开虫子
带来一只蝴蝶的吻

地上的颜色信守着承诺
大地没有忘记
一想起红尘里的笑
连苦难的咳嗽
也慢慢地变成了画意

目光还是平视的好
让风景朝着这边行走

春天又一次长高了
那经年的柳条
再次摇曳着季节
她终于在暖风中找到了
一个明亮的静

原载《金陵晚报》(副刊)2019年4月16日

梦　境

——致老山大埝丰乐农场

脚步轻一点，再轻一点
别惊动了小桥流水

看，山野的风坦然而至
环抱着主人的微笑
庭院深深，柳影翩跹
返璞归真的爬山虎
流淌着淡泊、洒脱的烟火气

池塘中
鱼儿带来了童年的呼吸
在蓝天白云间修行
它们的样子很鲜美
至今还保留岁月的姿势

水边的亭子旁有许多蜜语
自带光芒的园子
种下了村里人的思想
花儿，默默地点头
果蔬，每天问候着日子

靠近黄昏

从阁楼里飘出的一缕缕歌声

请出了我们的青春

含有泉水叮咚的味道

原载《金陵晚报》(副刊)2023年5月8日

三　月

春天用新的步子
和发展的声音
慢慢擦去了路上的寒冷
小鸟体会着
村里村外整齐的静

几个老人解除羁绊
照例前行
他们用手指着旧话
同远处交流
似乎想起了一大堆风

穿过一条石子路
他们来到了小河旁
那拂面的柳条
和招摇的水藻
慢慢覆盖了他们的心思

原载《江苏经济报》(副刊)2022年3月8日

春寒料峭中

这冷，印证了前人所说的
“如刀剐”
从生动的修辞中转身
我看到了树木、河流
抬起了脑袋
它们把刚刚醒来的气息
放进料峭的风里

雨雪，这两个字
被一次次地搬来搬去
可枝头是热的
小鸟凭着自己的感觉
或上或下地
对着太阳那个方向
舒展着情怀
那些准备啄春泥的燕子
和季节里的馨香
已被人们的眼神拴住

原载《江南时报》(副刊)2022年6月13日

初冬的柿子

枝头上的几个柿子扎眼
它们看到了主人
一阵阵面红耳赤
心思牵拉着心思
依恋着走过来的季节

叶子偶尔滴答一下
收拢了谁的注意力
鸟的叫声尖脆
震颤着初冬的柔嫩
野菊花凭借自己的天赋
在作最后的送行

指示灯安然地出现了
三种颜色
无论哪一种严肃
都改变不了我的习性

就让它们轻轻地离开吧
这最后的感情
应该都不是业余的

原载《金陵晚报》(副刊)2018年11月27日

天高云淡

雨雪终于停止了摇曳
有样子的村子
鸟的声音　直立
它们用喜悦的眼神迎接着
绿的萌动
和山水的透明
这比一次赞美更重要

阳光这本书
写满了生气
几个老人聚在屋子南面
他们说着
节日里还没冷却的话
那灯笼的气氛
被晒出了一阵阵甜味

春天也悄悄用一支画笔
描绘着云淡风轻

原载《金陵晚报》(副刊)2022年2月24日

童年的那条鱼

童年的那条鱼不会侧卧
它立在阳光之上
反复地研究着青草的古老

年，接二连三地覆盖
小街的脚下装满了
拥挤不堪的暗影和小池
鱼在光圈里囚着
看不透车流人流的心思
主人略显得僵涩
半截烟灰落在了它们那
冰冷的脸部
鱼撇开了那些熟悉的味道
没作什么惊人之举

还没等我的眼神醒来
童年的那条鱼又游了回来
蝴蝶般惬意

原载《金陵晚报》(副刊)2015年3月17日

沿着晚风前行

月光开始签到
时间在我的圈子内返青
晚风一路含蓄
轻轻地消化着静
在这里
我想到农家灯火的意义

小河　虫鸣和稻花香
默默地偎依着
给不远的喧嚣
打下了一针针镇静剂

阳光
在完成了一天的使命以后
把日记献给了
大大小小的安宁

原载《金陵晚报》(副刊)2021年9月28日

初夏的雨

哗啦啦下雨啦
这是几十年前爱听的一首歌

今天的雨同那首歌
一样欢畅
看着泥土的酥软
发育的果蔬收获了耐心
檐下滚落的符号
让生命飞溅
敲打出了夏天的秘密
鸟"唧"的一振
箭一般地穿进了绿色
它们隐藏着笑
正式谈论欢呼的事情

那几个打磨时间的老人
用轻松的眼神
对着园子说了几句话
从前好像也这么说的

原载《金陵晚报》(副刊)2019年6月19日

盛夏的小河

阳光像一张火红的网
撒入水中
我听到了一阵阵吱吱的声音

风似乎失去了知觉
水鸟却不知疲倦
上上下下地画着弧线
扑打着炎热
鱼儿把真实的心情
留在了水草的旁边
一串串的水泡
点缀着三十七度的灵魂

岸在焦灼中渗透
不远处
传来机器的嘶鸣
那一串串汗珠不断向我走来
压弯了小河的静
时间变得耳聋眼花

原载《中国新闻出版广电报》(副刊)2021年7月29日

开花的楝树

那棵楝树依旧平静
呈蘑菇形容纳着东西南北风

从暗暗缤纷的颗颗星星
到拇指大的碧玉
它们藏在初夏的梦中
不刻意去抒情
一缕缕贴心的气息
不知不觉地改变了门庭

它有一座山的容颜
它以兀立的方式
把人世间捕风捉影的对白
从脑中排除
然后把沉默的空间
留给了阳光和鸟鸣

原载《金陵晚报》(副刊)2021年5月8日

张家堡渡口

渡口，堆满了情
同滁河纠缠不清
时间仍不停地消化着它们

它曾是我的宇宙
河水沐浴过我的乳名
那时
我爱两岸的呐喊
爱舞蹈着的阳光
爱双桨呼哧呼哧的声音
且在浪花里
认识了一个一个夏天

岸边一层一层的
带着记忆的黄土与贝壳
就是一本大书
晚风帮我翻阅了多年

原载《海口日报》(副刊)2022年10月20日

跳舞的老人

选一块空地
十几个老人就夏天起来

月光淡泊　轻盈
一颗心浸入其中
他们似雨前抄水的燕子
那舞动的裙裾
一串串地　绽放

你看挨挨挤挤的小楼
丰富了梦的表情
呼应着喇叭里的声音
新铺的柏油路旁
风景　越聚越多
就连乡村年轻的路灯
也在晚风中蹁跹

一加一等于多少
不必要计算
夕阳顺着一张张弓在流汗
你再看

那一双双岁月的手

拨亮了多少个黄昏

原载《扬子晚报》(副刊)2019年7月14日

收录于李朝润、王文坚主编:《祖国,我亲爱的祖国——庆祝中华人民共和国成立70周年诗歌大赛作品精选》,江苏凤凰文艺出版社,2020年版。

栀子花开

想读你时
你却告诉我没有时间
我的冬天　唯你独青

六月来了
你给了我一个轻轻的发现
约定是没有用的
我这个花盲
只知道那红的只属于红的
它们早已欲滴成仙
学不会惊动红尘
你并没有苟活的习惯
漂白了夜晚　净化了黎明
填平了一些夏日

还有那带着清香的禅音
维修了思想
丢在聆听者的心里

原载《金陵晚报》(副刊)2014年6月17日

荷　塘

我一路缓缓走过来
红尘沸腾
你的心依旧是那么宁静

生命在这里立下了根
你一次次画圆
用无声的灵魂
撑起多少绿色的鼓点
那些远去的云
常在梦中开花
缕缕芬芳呼应着蓝天

即使在数九寒冬的日子里
满身清贫
你的双脚
仍坚实地向前挺进

原载《繁荣报》(副刊)2021年12月27日

金色的小村庄

只是偶然
我看到了多情的油菜花
围着村子绽放

七八个人的风景
在一条水泥路上健康地笑着
他们扶着季节
在朴素的乡下
活出了春天的模样

风为山水导航
金色的小村庄
比解放区的天还要明朗

他们站惯了黄土
村庄上的白云
如片片蝴蝶在窗口飞翔

原载《金陵晚报》(副刊)2020年5月9日

蚕豆向荣

蚕豆，正在向荣
白茫茫的蝴蝶
留下了扣动心弦的斑点

它把伪造的小路
天然的旮旯
打扮成袖珍的庄园
几株芥菜
权威地笑着
罗汉豆并不想知道
它埋头修炼
步步有根
任四月在脚下抒情

哨声，牛刀小试
阳光稳稳地
把一片片肥硕的心思
灌进了花朵

原载《金陵晚报》(副刊)2017年5月13日

老　宅

老宅也很懂感情
它是门前佝偻的老人给的

那些砖瓦爬满了岁月
一块块刻着心酸
横梁还能深沉多久
小巷的味道到底有多深
屏住呼吸，静听

老宅没有回答
继续俯视着脚下的青石
两道眼神同时残酷

没等记忆醒来
老人和老宅
已老成了一张清凉的弓
一副眼镜
还原了久久不愿离去的
心思

原载《金陵晚报》(副刊)2014年7月22日

立秋之后

听到立秋的风
大伙都松开了久锁的眉头

别急着分辨
不论是雄秋还是雌秋
都会灿烂
雄秋是诗
雌秋为画
一切如火如荼的气象
日臻成熟

青蛙正在打着边鼓
蝉鸣辽阔
稻花香里
清风明月在水的一方萌动
晚来急的阳光
铺满田畴
孕育着满心的金色

原载《金陵晚报》(副刊)2017年8月15日

莲花的心事

西埂的莲花
被一双双赞叹的眼神烘托着
看起来很羞涩

你们用满脸的酡红
暗示着绿的每一个细节
送走了夏的记叙
迎来了秋的韵味
蓝天白云已经记录下了
那一步一个脚印

玉立中，你们不亢不卑
绕开语言的铅华
和那些无聊的风
然后把一缕缕的沉默
浸泡在阳光下
给乡村带来了温馨的圆

你们从水的宁静中一路走来
把自己的风骨
留给了志同道合的人
因为，他们
最能了解你们的心事

原载《浦口文苑》2022年第1期

麻　雀

解释风雨的麻雀
犹如一颗一颗闪亮的星星

它一生用泥土的颜色
反复装修着季节
构筑屋檐下的梦
呓语一次次向高处流动

天亮以后
没忘记倾斜的声音
和不讲道理的风
也没忘把雪地啄食的情景
塞给流动的眼神

天空翻来覆去地活着
麻雀已经旧了
可那根长线上凸起的灵魂
还沿着水乡游荡

写于2021年8月28日

又到栀子花开时

你什么时候来的
大概是在挂着露珠的凌晨

你从容地端坐
在蓝天的某一个港湾
收起了听力
不愿去听鸣雷的足音
也不和阳光媾和
六月的歌变成了一弯静月
从脑中穿过
蝴蝶　旁逸斜出
剪不断你洁白的思维
你尽力把脚步收紧
以清香画圆
放宽了温馨世界的时间

夜　继续无声
你用默默而又短暂的生命
把夏天放平
割掉了狂热

原载《金陵晚报》(副刊)2016年6月12日

守着时光的老人

季节很诚实
秋虫放慢了脚步

房前屋后都是梦
一个个如雷贯耳的喷嚏
和院门的凉意
给日子增添了厚度
年轻的阳光
牵动着种菜老人
露珠也踏实
在绿色的掌心里滚动
那充满形状的风
灌满了根系
把佝偻的微笑打开

如是黄昏
他们沿着金色的曲线
和时光共鸣

原载《金陵晚报》(副刊)2015年11月4日

月下静思

月光，沉默如雪
谁看到了风
看到地平线上满是泥土的影子

一回首，影子奔突起来
如翻卷的浪花
一棵树立在风中，擎天
推开了我的繁华

低头捡到了一些日子
有的发酸
有的明亮
从混合物中分离出来的
话，被今夜放大

我深入地看着
终于找到了河岸边那一串
严肃的咳嗽

原载《中国实力诗人》(微刊)2018年9月21日

安庄渔村

星星点点的小舟
刻下了风雨
一张张大网
装满了一百多年的沧桑

沿着祖祖辈辈的足迹
他们选择了发现
选择生态与文明
用鲤鱼跳龙门的精神
打磨着阳光
打磨着环境
打磨着村子的招牌
把红椒鲤鱼
搬到游客喜盈盈的脸上

再次回眸
微山湖正捡起渔村的欢乐
放在心中荡漾

原载《彭城晚报》(副刊)2021年7月19日

锈蚀的铁锁

锈蚀的铁锁
一下子被经典的话捅开
冰封的生活
犹如泉涌状

等记忆冷静下来
柴米油盐
风霜雨露
还有酸酸的萧条
和够不着的太阳
都斜躺在月光下

各种影子
迟钝地站到一幅漫画里
门　陡然成了
时光的催化剂

原载《金陵晚报》(副刊)2017年9月12日

秋天的傍晚

看惯了季节
没有风
叶子只是一个劲地疲倦

滑过了车灯
逃离熟透了的人群
换一种角度
草儿在身旁深深地呼吸
夏日留恋
恩施春天　故事
长在一条路幽静的地方

秋雨阑珊
我轻轻地捡起一片虫鸣

原载《金陵晚报》(副刊)2014年10月9日

那一声声痕迹

那一声声痕迹
是从时光里慢慢地采出来的

太阳　月亮　白云
村庄　小河
一棵过滤日子的老树
是从时光里采出来的
擦一擦
还有一定的光泽和弹性

风霜雨雪　沙尘暴
是从时光里采出来的
不过
它们依次低下了脑袋

小路　田野
大把的傍晚和黎明
也是从时光里采出来的
成分仍有热度

把它们架在夕阳下
谁的黄昏还能够看得见

写于2021年12月18日

在杨柳岸看月

雨停了
柳树从头到脚都是新的
它卸去了浓妆
重复地思考冬天

寒冷一片一片褪去
不看天有多蓝
只看见宋词里的晚风
在杨柳岸卧着
炊烟积极上升
一碗稀粥吹开了春天
把日子提起来
听到土地的声音

田野长满新风
那些稀稀疏疏的人影
偶或看月
修饰着大大小小的静

原载《金陵晚报》(副刊)2017年3月2日

握住季节的方向

这不是想象
秋拉出了一道金色的弧线
在季节的入口处
握住了冬的臂膀

黄花实在地瘦了一小圈
小草们
已开始攒起脑袋
霜晨雪月　无意迟到
一切美丽从根部开始
春的生动　夏的仰望
泥土留下了说不完的心思

谁能告诉我
哪个季节更有方向

原载《金陵晚报》(副刊)2014年11月29日

雪地上的猫

傍晚，雪扑面翻飞
一只猫踟蹰在岔路口上
抓着风尖叫

它的黑任由白色修饰
都不能工整
它被放在了冷漠中
只能用失望
关闭无意义的灯火

当我想靠近它思想的时候
它带着嘶哑的声音
径自而去
我的眼神追了很远
时间茫茫
雪成了一个凶恶的词

写于2020年6月30日

余家湾的春天

我专注地读着春天
像读着一剂良方
她一下子置换了我的年龄

选取合适的亮度
抓住了被加工过的风
撇开热闹的脸谱
这余家湾的湾头
那些草木的记忆
已成了一排排直立的琴

我默默抬高时间的角度
公交车携着稻香
徜徉于后花园
呼应着慢条斯理的笑
黄昏已不是黄昏
黎明灌进了身心

翻开那喜盈盈的页面
村里的人在逍遥
他们像蹦蹦跳跳的孩子
在为春天准备礼品

我启用感谢的思想

轻轻地拥抱夕阳
咀嚼着水乡发达的静

原载《扬子晚报》(副刊)2021年7月1日

他与老牛

阳光，沾上了寒气
老牛驮着秋色
田畴里的沉默向西边倾斜

岁月，一路横在面前
土地需要他弯腰
也要他迎风直立
他慢慢变成了犁的形状

目睹着老牛的喘息
夕阳，常提醒他
把挥动鞭子的手放低
放到零度的上面
这只是一袋烟的工夫

每当我坐进黄昏
风中的吆喝常灌进我的头顶
随着故乡在摇曳

原载《江南时报》(副刊)2023年12月6日

有一种担忧

与风的气息有关
具体是一批被深埋的事物
遗漏几个
有石磙、锄头和镰刀

锄头、镰刀在沉思
石磙正卧在塘边腐烂

等傍晚进入层次时
不远处
穿着露水的人来了
日子说
他们是村子高悬的钟声

后来，风刮走这些内容
为了避免忘记
他时常采集夕阳下的符号
用来编织一种精神

写于2021年10月19日

蝉　鸣

蝉鸣，已经空洞
它唤不回岸边飘着香的温度
夏天只是停在
这棵树和那棵树之间

它们，相互摩擦着
水和鸟好像失去了什么
路上的眼神涣散
泥土，探出头来
却看不见记忆的颜色
一阵一阵的热流
慢慢冲淡了故乡的风

对于这些
蝉只知道沿着季节呐喊
时间，装聋作哑
照旧做自己的游戏

写于2021年8月28日

冬天的表现

冬天应该是严肃的
虫子已经冬眠
叶子一片一片完成了使命

时间把山水擦亮
一条小路接受着洗礼
石头献出了真相
田野的符号简明
这更有利于月光思索

天气不故弄玄虚
赶路的赶走了不少风
村子里的老人
打开门以后
目光常盯着一片片云

在北风的末梢处
有人已收拾好圆圆的结果
准备给红灯笼添彩

写于2020年12月1日

望着这个冬天

心情从夹缝里向外穿出
阳光，不愿意说话
几只鸟雀也把声音咽了回去
老树，裹紧了身体
路似乎全归还给了路

把角落一个个地挑开
里面的思维七上八下
天空蜷缩
时光，睁大了眼睛
直视僵硬的草木
当眼神停在最冷的残叶上
世界的样子有些陌生

然而
一条河没停止流动
它默默提前把春天移植过来
放到冬天的缺口处

写于2022年12月27日

梦回渡口

一把大桨在梦中摇着
那个摆渡的人
带着满身的疲惫爬上了岸

只见他草绳扎腰
迎着北风来回地转悠
饿了，坐下来
翻出泥土上的旧词
与波浪的回音
陪着岁月
一点一点地咀嚼起来

黎明前，我依稀看到
盘踞于村口的一串串鸡鸣
安慰着他
和那些涂满风霜的影子

写于2020年9月7日

二月的乡村

二月的一缕阳光
挺着胸脯来了
日子也进一步红火了起来

几只飞鸟和着暖风
上上下下
为水乡打着拍子
声音落满了联想

通向镇子的一条大道
有需要的热闹
电动车和行人囊括了
集市的味道
来不及打招呼的
会把铃声撤出一朵花

村口气息充盈
几个老人忙着把一些热词
放到一块磨刀石上

写于2021年2月25日

狗 吠

今晚，回归田园
面对土地上的一个个蜂窝
我的心下坠
步子也开始严肃

不久传来豪华的狗吠
声音缠绕着
越绞越有力
似一阵阵肆虐的风
扑向我的记忆

我穿过了遮丑的树木
摸到声音的地址
只见起伏的铁链
在抵御着黑
它是担心用心排列的鱼
被耗子叼走

写于2020年8月14日

话说石头

石头坐在一棵老树下
丈量着时间
它希望能产生最后的光芒

同石头相关联的北风
有时望着河流
有时望着岸边
可春暖花开时
石头里面的有些东西
慢慢被时间忽略

人的感官已经变化
他决定用这块石头
来抢救虚空的生命
究竟有无作用
能否制止打滑的步子
和突如其来的泪

无果
看来岁月是一个无能的词

写于2019年8月8日

江　湖

江湖究竟是什么样子
老天一次次假装糊涂
唯有梦很清楚
梦中的那些梦仍游弋着

我把江湖捞起来
想再次体会汹涌的味道
令人遗憾的是
那些默默无闻的小舟
化作了远去的云
长满了阴影的鱼
已陪着呓语沉入水底

然而，从江湖里
一路歪歪斜斜爬出来的山
仍枯守在树下
端详着那张发黄的名片

写于2022年5月8日

过　年

又一场雪在燃烧
给滚烫的心加了一把火

村子，有板有眼
道路在拥挤
集市的喧嚣打着旋涡
眼前生动的红
在人头上舞蹈
把赞美藏进了眉梢
雪，抚摸着笑
抚摸着灯笼里的语言

风，洋洋洒洒
穿插在绿的萌动处
一些心事落地
又在门前的鸟鸣中发芽

写于2020年1月15日

遥望着那头牛

那头牛停在了远方
夕阳好像
变成了一个孤独的圆点

风一层层地压过来
轨道底部有盐
泥土上最后的吆喝
已经模糊不清
关于吃的是草
与那稻花香里的蛙鸣
逐渐被冷却

傍晚，我常把一大把记忆
攥出汗水
且用硬邦邦的眼神
遥望着那头牛
寻找那些声音的下落

写于2019年12月24日

沉　淀

黄昏脱去了外壳
它赤裸裸地站在我的面前
粉碎了路的晦涩
粉碎了镜子和花朵

从听诊器里得知
那草木的指标是合格的
水不需要修饰
田野散落的目光
和下沉着的声音
痕迹是可以沐浴的

一个独明的世界就这样来了
反光之处
发现落叶也在咀嚼
岁月中发热的一面

原载《中国诗人》(副刊)2021年5月14日

在高楼的那边

路边的老人姿势陈旧
无奈地接受公路上杂音的敲击

望着他
记忆暗暗地湿润了几次
在长满水的地方
动作和感情环环相扣
说不清楚的方向
常常伴随一阵风而去
我追到河边
再次嗅到了月光的味道

此时，灵魂越来越近
我定要尊重这些
按时抚摸一下水淋淋的符号
其实，就是为了
能留住那些线装的痕迹

写于2023年9月27日

冬雨中的小镇

几棵大树，相觑
它们无声地思考着冬天

到了下午两点后
我痴痴地目睹着时间
天空正用一双手
前后左右
清洗镇子上的咆哮

杂质，被一点点剔除后
目光，不再缺氧
应该招摇的人
此刻，都关闭了风

事物处于本色中
这里，就像一个
刚刚出现的原始部落

写于2021年1月31日

气象之域

春天的安德门

安德门的门开了
蛇皮袋和数不清的目光
在缭乱中画圆

寒冷悄悄后退
立交桥旁开始了春天
伸手掸去疲惫
那结结实实的张望
被搬到了东边
很快又跑到了西边

他们从五颜六色中
找到了自己的江湖
当方向激活时
汗水将是唯一的通道

故乡的那轮月啊
你一定能看到漫天的雪花
会轻轻融入梦里

原载《金陵晚报》(副刊)2019年3月11日

雪不会苟且

等一场雪，艰难
艰难是必须的
它们也许到现在还没有明白

雪是不会苟且的
风啃着手指
望着那傍晚的树发呆
也有摇头晃脑的
它们站在各自的路口
或紧，或松

那水中的石头醒来以后
越长越高
做好了开花的准备
风没注意这些
在一旁自言自语
已经是多年的老朋友了
还这么看中灵魂

雪说，这是一定的
有一些等待
需进行必要的冷处理

原载《中国实力诗人》(微刊)2019年1月

七月的灯火

我由衷地打开七月
眼前跳跃着一个个如豆的灯火

这灯火所散发出来的光
越长越多
越长越高　越长越灿烂
像一面面旗帜
插到了陕北　华北
中原　江南
插遍了祖国的万水和千山

沿着灯火的路线
我看到了无数坚定的思想
在赤水河中汹涌
在金沙江畔澎湃
我看到了
大渡河如山的浪涛
泸定桥翻滚的硝烟与烈火
我看到了茫茫雪山
和草地的无情与残忍
等等　等等
都一一被伟大的信念征服

这火光闪啊　闪

无数勇士定格在祖国的蓝天里
成了不朽的雕像
那刀　那枪的气概
那血　那光的能量
迸发出朝霞万道
托起了一个崭新的太阳

原载《扬子晚报》(副刊)2021年7月1日

在江苏省文化发展基金会、扬子晚报举办的“我心向党”——庆祝中国共产党成立100周年全国诗歌大赛中获三等奖

金陵春

天很蓝，也很柔软
果然，李太白来了
还是那么豪放
凝望着滚滚东去的江水
他怎么也想不起
凤凰空飞时留下的记忆

故事里的凤凰台
长满一串串深深的轨迹
脚印里都是阳光
那个驾鹤而来的人
楚楚动情地同李白叙酒
切磋着千年的醉意

穿过了历史的浮云
凤凰涅　已久
李白，用心地笑了
他的酒量又增加一斗
这一次，他说真的喝多了
醉在金陵的春天里

原载《金陵晚报》(副刊)2013年12月23日

失踪的狐狸

野地已被填平
几行树木陪着不多的杂草
七八个女人和男人
迎着晨曦伛偻
交织着简单的笑

他们照例进了桃花源
该做梦的做梦
该钓鱼的钓鱼
在如痴的午后
留守的麻将在屋子里雀跃

晚上把吐沫收拢
白天的事物在催眠
打开描红本
也没有看到他们的画里
有一只狐狸

原载《金陵晚报》(副刊)2018年2月6日

献给最可爱的人
——纪念抗美援朝七十周年

面对一片繁荣
请再看一看那尊丰碑
有形　无形的
仍在天地间气宇轩昂地闪光

捍卫尊严需要牺牲
你们倒在了历史的洪流中
遍地的金达莱
长在了你们的足迹里
上甘岭上
留下同吃一个苹果的故事
松骨峰巅
你用惊天的仇恨
咬掉了那外寇的耳朵
长津湖畔
你们冰雕的姿势
永远凝固在国人的心田

为了和平
为了祖国
人民眼中噙满感激的泪花
这泪花是万家灯火
这泪花是大地的绿

青山处处埋忠骨
祖国怎么能忘记
伟人的长子就地而眠
横刀立马的将军
用铮铮铁骨完成了人民的意愿
英雄擎天的呐喊
感动了多少个年代

黄继光　邱少云
杨根思　罗盛教
还有镌刻在蓝天上的名字
你们　是你们
我们共和国的英雄
激荡着黄河和长江
加固了长城与昆仑
你们　是你们
我们共和国的卫士
把正义和真理解说得那么完整

原载《劳动时报》(副刊)2020年12月14日

在贵州省总工会举办的"纪念中国人民抗日战争暨世界反法西斯战争胜利75周年,中国人民志愿军抗美援朝出国作战70周年"全省职工网络征文大赛中获优秀奖

赤道来的太阳

这是赤道来的太阳
在草木上坐着
给山水添加了一些麻辣味

风，断了翅膀
燕雀不知何处
一些人背着沉重的铁甲
在寻找天空
寻找那短暂的黑
太阳是有规矩的
它要把逍遥的地方
彻底照亮
要让夏日成为一个名牌

如果空调患了季节病
它说，明年再来

原载《金陵晚报》(副刊)2016年8月20日

车过苏州

目光平静地向外流去
挨挨挤挤的音符
恰似水草深处鲫鱼的鳞片

一缕新的钟声传来
文明悄悄地扩散
有一个穿绣花鞋的女子
抹去了月落乌啼
和曾经的风霜
怀揣唐诗宋词里
开出来的一束束鲜花
笑盈盈地展示着风采

列车似乎慢了许多
透过车窗
我看到了湛蓝的天空中
有一朵云
总在我的心中飘来飘去

写于2020年12月15日

七月颂歌

——献给党的百年华诞

眼神一次次延伸
感受着国歌磅礴的力量
和旗帜的猎猎作响

风雨如晦中
南湖亮出了镰刀和铁锤
革命
从一艘船上启航
冲刷着多少污泥和浊水
闯过了
层层暗礁　重重险浪

洒一腔热血
于大江南北　长城内外
大地从此澎湃
一颗颗红色的种子
星罗棋布
主义很快在土壤里扎根
长出了光芒

在一片湛蓝的天空下
鲜花遍地是
衬托着四通八达的路
和灯下的甜言蜜语

衬托着城乡不老的舞姿
衬托着
脱贫攻坚后悠扬的牧歌
衬托着
洁净心灵的青山绿水
衬托着越来越高的笑
和掌声的饱满
激荡着一个个浑圆之春

七月
这个伟大而光荣的词
如不朽的名片
将永远镶嵌在人民的心中
我们会时刻记住
您的浪奔与浪涌
您如火的钟声和风声

原载《劳动时报》(副刊)2021年7月14日

常州淹城

一阵一阵古老的风
吹遍整个淹城
老子　孔子　墨子　韩非子
被集中到此处

墙边石简翻卷着浪花
几个目光无瑕的弟子
注视着天地
诵读几千年前的气象
一张张名片嵌入
一缕缕不锈的光
让思想缓缓进入角色

当夕阳围过来时
一颗默立在古城河边的心
已经被春秋之声
彻底地梳理了一遍

写于2017年5月30日

诵读《赤壁怀古》

眼睛顺着大海飞翔
吞吐着日月

回头再看怀古的赤壁
同东坡先生握手
同大江握手
找准奔腾的节奏
挺胸　抬头
让心装满一度春秋
从一个词出发
看裂岸的惊涛
在情感起伏中遨游

我把那杯历史的酒
和辽阔的笑谈
都试着推进了胸腔

原载《金陵晚报》(副刊)2019年12月25日

清　明

车子找不到背影
佝偻的人群沿着山道张望

一个该记住的早晨
都让鞭炮给炸飞了
剩下的是一些
压阵的鲜花，还有
不酸不涩的花花细语

四月用孤立的眼神
深入到光里
一遍遍地读着静
心思，披头散发
很快坠到了山的那边

突然来了一阵风
那碑前一片片腾空的蝴蝶
在寻找着灵魂

原载《中国诗人》(微刊)2020年4月4日

我走进了七月

我走进了七月
看到了不朽的山石和劲松
正起伏着红色
那组合的意象
再次掀起了记忆的波浪

我走进了七月
一幅画镌刻着主义和信仰
镰刀和锤子
这永不锈蚀的阳光
在人们心中升腾　绽放

我走进了七月
总能听到隆隆的雷声
闪电，高高地悬着
那跫跫的足音
把居安思危的警钟敲响

我走进了七月
祖国的天空在春天里荡漾
蓝色会更蓝
阳光下的江河山川
展开了腾飞的翅膀

原载《劳动时报》（副刊）2021年8月11日

愿书直立行走

书，融入生活
实乃一种大气
然而书中的那些符号
到现在还没直立

那些蝶儿
并不懂得阳光的陆离
小草躲在一旁
又虚空了雨季

你知道不知道
放飞一次山水
只能偶拾一次美丽

旅途弯曲
书也弯曲
但愿蓝天下的那些迷宫
能在弯曲中屹立

原载《金陵晚报》(副刊)2012年7月9日

我看到的夕阳

夕阳欲坠
落叶被地上的陀螺惊醒

宿舍区的几只小花猫
迈着流浪的步子
痛了我那颗曾经伶仃的心
孩子依旧生动在树下
只是很快牵老了光阴
鸟儿糊涂了
风，怎么也赶不走记忆
我斜倚着夕阳
眼神向大树深处飘零

只见一个跛脚的老太太
拄着拐杖
深深震颤着我的黄昏

原载《金陵晚报》(副刊)2015年1月27日

侠客梦

刚刚认识一点社会
我就把拳头握成正义的样子

唉，这拳头真的不行
同拨浪鼓差不了多少
那就练一练吧
捶墙，砸树，无名地横飞
感觉没有什么效果
学硬气功，学套路
学着学着就老了
学着学着天空就辽阔了

等我回过头来望去
站在风上的风已坠入海底
几个剩下的江湖
蜷缩着身子捉墙边的夕光

写于2023年4月4日

在水上行走

——致老桥工路新民先生

跟着他进入工地
我好像被江水拍打了一遍
那飞溅着的光
是立体纵深和驰骋的

摸一摸东南西北
飞鸟的翅膀没有金属
会跳舞的云
在汹涌中变成花瓣
水和桥都落满了星星
深入到日子里

在时间的或明或暗处
路分解成
一个一个湿漉漉的印章
夕阳西下的时候
那些反光的流水
再次掀起一道道波澜

写于2020年8月12日

三十九度工地

三十九度工地
钢筋犬牙直立
水泥砖旁
默默发烫的眼神和双手
摩擦着
大大小小的零件
小推车和泥瓦匠已
昏天黑地

安全帽边的汗皱巴巴地
下落
脊背扛着光
呼吸在干裂地运动
酱色的汗衫
替代了碍事的毛巾

早晨啊　太短
黄昏姗姗来迟
流火的七月把时间烧成了
冰点

原载《金陵晚报》(副刊)2017年7月31日

沉重的天空

像一面沉重的镜子
等待人们凝心聚力擦去暗淡

村子里
走进了一条长长的队伍
一次两次
三次四次
他们知道，道路两旁的树
枝头的风是冷的
小鸟还没展开歌喉

花草被雨水挤压
却倔强地抬起脑袋
阳光的温暖
遍地的绿色
时时刻刻在心中缭绕

人们战斗着，奋进着
当阴霾驱散后
春天一定会步履轻盈起来

原载《劳动时报》（副刊）2022年4月1日

吹鼓手

老人丢下门前的老树
带着满脸的粗糙朝远方走去

吹鼓手匆匆进入角色
二胡拉开了闸门
几把小号一个劲地膨胀
紧随其后的爆竹
颠三倒四地举着告示

暮色，已被粉饰
灯光在一旁严肃地望着
不久，风正式诉情
大地摇曳，这时
才感到了背影的崇高

月下
布满寒气的落叶突然旋转
傍晚的天空又多了一层云

写于2022年12月2日

被撞击的梦

夜，怎么也不像夜
深处又一次鼓鼓囊囊的

梦贴着地面进入其中
看见几块感冒的泥土
慢慢得了哮喘病
再向上飞
有一大片黑俯冲过来
被撞击的后果
造成山水矮了半截

那簇发亮的路标在哪里
它挣扎了一番
剔除一些无耻的东西

天空短暂地轻了
这时它才看到，有人正用
顶天立地的声音
打磨着一个一个黎明

原载《中国诗人》(微刊)2019年2月22日

黑猫与老树

有人手持一把大锹
向一只黑猫恶风般地扑去
有人用阴暗的光
企图把一棵树放倒

理由原来很简单
因为猫叼走了盆里的一条鱼
因为老树的高度
瓦解了他的形象
叶子又惊动了他的梦

爱树和爱猫的人一样
时不时地望着天空

果然，大自然挺直了腰
轰隆隆地呵斥着
且用一片蓝，抹去
猫和老树留下的阴影

写于2021年12月20日

井底之蛙

只看到唐诗里的飞天瀑布
看不到宋词中的满地黄花

只看到太阳的大拇指
看不到月亮弯弯的腰背

只看到春的手舞足蹈
看不到冬的灰头土脸

这一只蛙整天摇晃着脑袋
它用声音做垫脚石
一次一次向上扑腾
抓的是圆来圆去的故事
够不到
红尘那些跋涉的图景

一滴雨的天空究竟有多大
它不得而知

写于2023年4月26日

迷　茫

像得了一种富贵病
醉入了自制的旋涡

夏天的云和冬天的雪
还有飘着风的河
他们好像不是一回事

比如啄木鸟和树
比如磨刀石和屠夫
谁更依靠谁
这很难说清楚
事物在悄悄地改变规则
呼吸由长变短

丢失了原点的人
最终喜欢选择子夜
其实这样也好
其实安静的黑
远远地超过一场光明

原载《中国诗人》(微刊)2019年11月8日

底　线

老天很重视底线
他会适时地给太阳打气
因此
生命才有了站立的功能

老天有时也糊涂
他曾经给狂野的云
和带着血迹的风
涂上不老的材料
抬头望去
天还是原来的那个天
可角落常常受伤

再看看底线外面
那一个个提前离去的善良
是谜，也不是谜

写于2018年12月11日

赶骡车的老人

红帽子，蓝棉袄
诗意般地流淌在黄土高原上

天，明朗得彻底
鞭子成了逍遥的旗子
他的前面
俨然有一场盛宴

不知疲倦的骡子
似钟摆一样嘀嗒，嘀嗒
随着阳光起伏
恰到好处的风
一遍一遍地抚摸着
他，酣畅淋漓的笑

老人是一个本色的汉子
平板车上慢悠悠的歌声
是属于他的
属于陕北的一心一意

写于2020年6月3日

河沿路上的浪子

河沿路旁悬挂着绿
一片片的云在水中旖旎
自那个浪子出现
阳光常常颤巍巍的

平时，他寻机攻击善良的鱼
时间长了
他开始训练统治能力
面对热闹的季节
他携似懂非懂的语言
从角落里杀出来
搅得那些花草失魂落魄

这里一次次上演逃逸
河水，坚持清明
它决定在岸边插上一块牌子
提醒初来乍到的人

写于2022年7月22日

黄河象化石

太阳像一枚硬币
一下子砸中了前行的黄河象

它耸了耸脊梁
走进了激流中
把一条河变成一张宗谱

过了很久很久以后
它灵魂扎根的地方
长出了一大片森林
奔腾着的生命
慢慢有了色彩
这与黄河的血液是一致的

在风风雨雨的冲刷下
它仍然昂着头
胸腔装满了涛声与文明

写于2021年6月30日

游武夷山

武夷山看得很清楚
这自编自演的又一个故事
落在了一群驼队中
激动了被冷落的风

车子，左拐右转
老眼慢慢沿着山体下滑
按照节目单
他们被推进了天堂
大厅，弱化思维
狼狈的导引术
向佝偻步步逼近
满脑子都在云里雾里
时间顿时失明

好不容易才把脚印数完
当打开记忆
一群白发，不寒而栗

写于2018年5月16日

荒野之恋

一只蜗牛松开了思想
不自觉地向远处靠近

它已经看到了荒野
大风车和健康的云在招手
白天最像白天
能使傍晚的天空冷静

它抬头接受着白与黑
路上没有呛人的物质
也没有是是非非
它沿着足迹寻找
找到了枯藤老树的黎明

当大地走向平稳时
一缕透明的风，一片抒情的雨
是如此灿烂
同内心的风景达成一致

写于2022年5月24日

卒　子

它在棋枰上轻轻地呼吸
抬起头
河南河北刀光剑影

山穷水尽时
主人想到了柳暗花明
对岸的路
渐次流畅
向东向西都有深深的脚印
徘徊不是蹒跚
小心并非矫情
不亢不卑中
静看远方深邃的蓝

当天亮之时
它以数朵浪花的名义
悄悄隐退
至少有两双眼睛记住了
水中的故事

原载《金陵晚报》(副刊)2018年4月13日

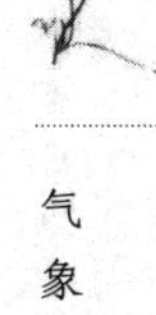

午餐中的民工

带着阳光的余温
走进小吃部
他们把布满沧桑的表情放到
毫无生气的桌面上

每人一菜一汤
已跟修辞搭不上关系
在短暂的静里
一台摇头风扇
只知道机械地做着
扇形游戏
他们松弛一下身子后
就低下脑袋
囫囵地吞咽着时间

眼前叠影，几只碗的重量
筷子上的沉默
深深撞击着我的天空

写于2020年9月29日

月光下的晚餐

一天的疲惫没有回声
轻松被瓷盆撞响

几个人在和椅子对话
来回转悠的习惯
延续到一支烟的身上
斜倚门边的女人
也是这样过着
低头陷入沉思
只等明月把汤点亮

那个月光里的小工头
只是
多了一两酒的分量

原载《金陵晚报》(副刊)2013年11月26日

那个男人

说起那个男人的形状
时间就起伏起来
喜欢听风的村民
很快就站成了一张告示

一阵大笑过后
几个语言着火的女人
指责着红尘
然后搓着手
把一个个肮脏的故事
打得皮开肉绽

那个男人依旧麻木
把又一块新的牌子
挂在阳光下
偌大的阴影碰撞着村子

写于2017年9月5日

顺其自然

这种想法有些没落
因为那棵树下还有不少火花
岸的齿轮还有力
滁河的浪花还跳跃着

别在意眨眼的工夫
和下一个离开的会是谁
傍晚
正笑嘻嘻地迎着光
也有无力张望的
那儿至少有个弯曲的故事

如果眼神完全无力
大自然显然是多余的
这个时候
你的泪水也是多余的
扪心自问
你有没有在走过的土地上
留下善良的色彩

写于2022年5月4日

呼伦贝尔草原

打开了一扇门
白云和歌声又缠在了一起

那些风吹草低的事
离天空已越来越远

时间，开始分裂
一批批马背上的游客
高高地举着笑
一个劲地追着风
他们是否能听见
克鲁伦河与马头琴的碰撞

那夜，我进入了梦中
白云告诉我
那个射大雕的英雄
挣脱了身份
在碧绿的草原上
把鞭子甩得呼呼作响

写于2018年9月29日

秦皇岛外

从路边一棵棵树的清淡
到实话实说的天气

环顾着明朗与平静
我的心被沐浴
阵阵海风是如此多情
浪淘沙的思想
让我第一次知道了
北方的声音里
还包含着许多矿物质

沿这向前方迈一大步
在无边的暮色中
我看到飘忽不定的渔火
和海螺里的光
还原着大海的形象

写于2019年12月8日

七月断想

七月触动着我的心灵
在雨花台前
一枚枚雨花石上凝固的血
牵动着后人
一次次在此肃穆鞠躬

凝视纪念碑的高度和厚度
一件件闪光的遗物
一副副如钢的身躯
一道道坚韧的眼神
一个个不屈的灵魂
辉耀着华夏的大地与天空

这是一面面旗帜啊
一行行　一列列
染红了我额前的缕缕思绪
正在记着的人
会拼命地记住
春天也会记住
祖国的山山水水更会记住
记住七月的轰轰烈烈
记住无数勇士
呐喊冲锋在血与火中

原载《劳动时报》(副刊)2021年7月14日

朗诵春天的老人

他们带着丰腴的思想
在市民中心
高高地举起了金灿灿的语言

一片片暖阳铺满了舞台
一缕缕白发刻下了春光
曾经落寞的大埝
将水墨泼洒成一串串珍珠
点缀老山古朴的容颜
西埂的万亩荷塘
如一枚枚碧绿的玉盘
镶嵌于水乡的欢声笑语中
山南山北　风软景明
花香　果香　稻香里
他们用爱吟哦着秀美和温馨

天空　湛蓝湛蓝的
白云抚摸着新农村的楼群
水泥路　四通八达
覆盖了沉甸甸的泥泞
集市的鸡鸭鱼肉
牵着来回滚动的人流
触手可及的　玲珑的公园
惬意着鸟鸣与休闲

还有傍晚喇叭旁盛开的风景

他们激动得东张西望

他们把对浦口的情

反复地搬到了节日的广场上

那些充满光芒的诗句

已在长江边的小城　开花

散发着撼人心魄的芬芳

原载《扬子晚报》(副刊)2022年8月7日

在江苏省文化发展基金会、扬子晚报举办的2022年“诗咏新时代　逐梦新征程”全国诗歌大赛中获优秀奖

这里的茶庄

会客厅里一套一套的
装满了高雅
弧线的解说
连同着一把铜壶反复旋转

不久，声音迅速发酵
历史漫山遍野
招摇的绿与粉墙黛瓦
配合得默契
几个故事被挖掘后
春天就来了
一幅山水画的前面
数十双眼睛
盯破了款款而行的唐装

把模范次第放入杯子
兰花指的魔力
带来了一场不小的风暴

写于2017年4月26日

碗

一只尚存光泽的大碗
被风刮着
被一根一根骨头反复敲着
阵阵回音
从一块顽石上滑下来
叮咚叮咚，就像童年
把它们组合成
一条眉目荡漾的小河

老树没在意一片片黄叶
夕阳，欣赏时间时
竟然忘记了自己是时间

往深处看，它的裂纹
常被一声又一声咳嗽
惊醒

写于2023年5月18日

光辉的足迹

——献给钻探专家、“大国工匠”朱恒银

在安徽
在祖国辽阔富饶神奇的土地上
一个坚韧的名字
竭力跋涉　潜心钻研

你带着对大自然的崇敬
把一颗燃烧的心
放到了地球的内部
高山　峻岭
落满了呼啸的风声和雨声
旷野　河流
弥漫着一片荒凉与寂寞

钻头上的光仍在闪耀
钻头上的温度　不减
钻头上的意志　如钢
严寒　酷暑
吞噬了你青春的容颜
油污　泥浆
成了令人揪心的化妆品

风风雨雨中
你用双脚丈量“人”字的高度

南抵广州　北达京城
东挺浙沪　西进鄂北
在闪着星星的晚上
在滴着露水的黎明
在人迹罕至的地方
你日日夜夜围着钻机的轰鸣

为了探宝　为了造福人民
母亲病危时
你遗憾未能守在榻前
高薪诱惑中
你钻头上的本色依旧不变

砼砼　孜孜　砼砼
寻寻　觅觅　寻寻
那“水力泥浆搅拌器”
和“微量纠斜器”上
流淌着你的心血与热情
数十篇科技论文
像一面面战旗　在招展

祖国　没有忘记你
将地质找矿的深度
推进到了地下3000米
世界为之瞩目　地球为之动容

此时此刻　我看到了你

思想的饱满与崇高

我似乎再次看到了

你闪光的足迹在人们心中汹涌

原载《安徽工人日报》(副刊)2022年6月20日

再谈光盘行动

一粥一饭的意义
被再次拎了出来
土地睁大了眼
听着晚风中有血有肉的对白

回首，希望远一点
那些以野菜充饥的
大多作古
记忆减少了一大截
当今的圆桌
常留下一些惊心的残词

面子已浪漫很久
谁能够慢慢让一首诗
在盘子里生根

你看
那个反复喊着打包的老人
又鼓捣起岁月
试图把汗水找回来

写于2020年11月26日

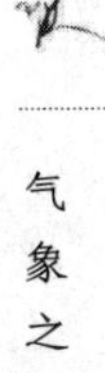

沉重的白发

四月到了
他终于感到头顶往下沉

不知是什么时候
他找到了原点
自愿接受四月的推敲
是祖宗的提醒
还是远去的妻子
孝顺与爱慕
有时竟发生在白发之后

他抓住清明的机会
想用迟到的眼神
和一堆堆纸钱
同良心一起搅拌
去纠正一个苍白的自己

写于2017年6月19日

一匹马的高度

一匹马的高度
在江南是不容易被发现的

它在古诗词的角落里
在传奇的山路上
在远去的硝烟中
好像一一又活了过来

马背上闪着寒光
马背上驮着忠勇
马背上立着江山
给一面旗子带来了力量

那粗犷的声音
吞没了烈火与冰河
打开内核
奔腾的思想冲向天空

写于2019年7月25日

游客走进寺庙

几尊大佛敞开胸怀
收容着一批拥挤的灵魂

一会儿
屋内的几炷香
和大厅墙上一面面镜子
就开始清洗
他们的心已没有噪声
脚步找到了秩序
被卸去碎片的脑袋
变成一个个气球
听凭着梵音牵来牵去

门外，阳光很新
他们想借此打通任督二脉
且继续用禅意
过滤着东西南北风

写于2020年10月14日

水库里的鱼

带回几条水库里的鱼
咀嚼着滋味
岁月很快就站到我的面前

一些事物活泼着
它们生长在摇篮里
其中
有童话般的阳光和蜻蜓
有鸟和石头的对话
有懒洋洋的风
和水藻们富贵的神情

它们生活得很天真
它们不懂妖术
它们的心中没有催化剂
它们的天是解放的
姿势比燕子还要美

写于2021年6月23日

听风　听雨　听人生(后记)

几十年来，我喜欢诗歌，年轻时的文学梦，总在我心中萦绕。

在那段贫穷的岁月，我饱尝了生活的艰辛，但我爱那个小村庄，爱滚动着波纹的滁河水，爱滁河岸边土地上的颜色、气息和声音，爱我的父亲和母亲，爱我那已消失的老屋和屋前的那棵老柳树，爱我童年、青年时始终不变色的伙伴，等等，等等。

后来经过努力，我成了一名乡村教师。我边教书，边利用节假日帮着家里种地，常常忙得焦头烂额，苦不堪言，尽管如此，我还是挤时间，有选择地去读我喜欢的书，去反复背诵古诗文和现代诗歌、散文中的一些名篇，甚至花了不少时间去背诵《现代汉语词典》，以此来弥补自身知识的不足。

二十世纪八十年代初，我就开始陆陆续续地练习写诗。十年间，我写了不少自以为是的诗。九十年代，我调入中学教书，由于教学任务繁重，再加上父母瘫痪在榻，孩子尚未成年和妻子四处问医，我辍笔整整二十年。

到了2012年，一个偶然的机会，我给《金陵晚报》投了一首小诗，令我没有想到的是，短短几天时间，这首诗就见报了，我十分兴奋，奔走相告，从此一发而不可收。

在这里，我要郑重地感谢《金陵晚报》（副刊）原主编王峰先生，虽然我们素昧平生，但他善良、正直，尊重诗歌，是他让我真正进入了诗歌写作状态，激发了我的创作热情；同时，我也要感谢曾经鼓励、支持过我的老师和亲朋好友。

时至今日，我用了整整十年的工夫，写了一千多首诗歌，其中，在市级以上报刊发表一百多首（编入本书时，我又反复推敲，对部分诗歌的少数文字作了改动），在市级以上诗歌大赛中多次获奖。偶尔我还参加诗歌朗诵和采风活动。

我的诗歌主题，一般都是围绕亲情、友情和人间真情，围绕土地、村庄和河流，围绕阳光、雨露和严寒风霜而深入；部分诗歌同时代的命运紧紧地拴在一起。

是的，故乡的山山水水、一草一木、世态人情，总是牵动着我的神经。它们留下来的痕迹是清晰的，是感人的，是有声有色的，真可谓呼之欲出。这就是生活，生活是根！只有这样的生活图景做支撑，感情才会有所依托，从而达到情境和谐，情景交融。

值得一提的是，我的诗歌，除了展现悠悠的往事和繁荣的气象以外，也没忘记家乡的生存环境以及当下人们的思想动态，使人们对生活有所思考，对人生有所感悟，这些都流淌于我的字里行间。

诗是文学中的精品，要想写好一首诗，确实不那么容易。我很想得到高人的指点，然而我独守寂寞，加上朋友圈子很窄，因此，我只能靠“散打”“野路子”来支撑自己，靠勤奋、感悟和韧性来认识诗、理解诗，靠生活和生活的沉淀，靠个人的情感和生涩的技巧，来写带有个性色彩的诗，到现在也没有摸索出什么套路。

由此看来，这一首首凝聚着我心血的诗，是否有可读性，本人心里没底。不过，我还是出了这本小集子，以了却我多年来的愿望。

目前，我已经退休，仍笔耕不辍。读诗、写诗、漫步田园，成了我晚年生活的调味品，这也许能使我的性情继续纯真，也许能使我的生活富有韵味，也许能使我的人生变得饱满。

最后，我还是要概括说明一下，全书共分四辑：第一辑“心灵之音”，主要写亲情和我的生活片段；第二辑“岁月之痕”，主要写友情和其人其事；第三辑“水乡之情”，主要写我在农村的见闻与感受；第四辑“气象之域”，主要写一些社会现象及我的思考。以上分类不是那么精准。另外，主题相似的诗歌采取跳跃式排序，避免阅读疲劳。不当之处，敬请读者批评指正！

朱桂清

写于2022年6月 修改于2023年7月